U0501348

+ 第39届青春诗会诗丛 《诗刊》社／编

王太贵 著

青瓦之上

长江出版传媒

长江文艺出版社

39 青春诗会
Youth
Poetry

元复诗歌基金支持

王太贵

1983年生于安徽金寨。中国作家协会会员。
鲁迅文学院第43届高研班学员。著有诗集
《数山》《我的城堡》等。

目录

辑一　我有我的深蓝

辑二 当你起航

辑三　时间的炼金术

辑四　寒露之后

辑五　如果看到海

辑一　我有我的深蓝

我有我的深蓝

天气晴好，我的兄弟从淤泥中踩踏出
一条登山的捷径。而我刚从山中返回
把几朵浮云，像烟蒂样摁在野花的眉心
陡峭处，缆车从石头的体内破壳而出
那些少年，冲出考场大门的身影
远比闪电迅疾。打印机在斑马线上吐舌头
语言发生裂变，无论使用多少比喻
也无力拯救。溪水似蠕动的胎儿
榆树卷起叶片，萱花藏起影子
我们注定狭路相逢，你带着泥泞和笔芯
我两手空空，背负云朵的虚名

溪水终结的地方

撕了那么多便笺给你，只为亲手写上
更多的错别字。念叨那么多的名字
尽是别人遗弃的称呼。从假想的人称那里
找到你的骨骼。雨在下，泥泞中的脚印
推开虚掩的房门。十二根齿的梳子
从头皮上轻轻擦过。雨水淋湿的头发
像谎言那样密集。醉饮时，用余光解酒
并替梯子打开黑色雨伞。空无的梯蹬
曾把少年的目光，送至屋顶上的天空
山峦多雾，菜园丰腴，青色花椒正在成长
死亡像溪水，离我们既遥远又熟悉

凌晨两点，看见月亮

雨的声音让我着迷，小区路灯下
光把雨分解为意象。属于古人的问题
今天依然难解。叶片被洗得透亮
窗缝里，归人越来越瘦。但湿滑的路
却通向铁轨。昨天夜里，月季和白皮松
在花坛边低声思辨。千里之外的雨
穿过诡秘的腔调，在我疲惫的眼帘上
汇聚成小溪和大海。花瓣枯萎的日子
我习惯弹奏水上的波纹，纵有万家灯火
也不及一滴雨，在窗户上画出的月亮

四月的礼堂路

大海从墓碑翻卷而来，简洁的字里行间
深藏无数桅杆和海鸥。但没有一个字
可以在礼堂路的花中采蜜。时间不允许的
谁也无法动心。道路尽头有把遮阳伞
阴影下空无一物。榴花比谎言苍白
衰败的时候更美丽些。而四月令她们
近乎病态的唇，始终保持歌唱的口型
我在三月歌颂的花儿，现在只剩下
粗大雨点和简陋的修鞋摊。谁在动用
那双粗糙之手？三分钟前，刚刚修好行李箱
而现在，他正低头剥豌豆，空空的豆荚里
有座空空的城，我的伞和椅子，深陷其中

眩晕的世界

丢下剪刀，枝头上的桑葚在雨中
又落下几颗。必须尝试攥紧这一切
锋刃搅和，时间的弹簧陷入虎口
越用力，天空与大地的旋转越猛烈
石级抵达拜台，流水送走驼背者的身影
核桃上，齑粉填满的沟壑，只要摩挲
退路就开阔了许多。枯朽的枝丫上
悬浮着夜晚的咒语。山岩的缝隙里
卑躬的人插进几根树枝。岿然的事物中
我更爱倾斜的部分，缆车滑过山谷
所有的眩晕，都是我们一生的缩影

桃核记

在桃核里划船，得剥去夏天的湖水
我看见落日，渐渐坠入远山的额头
灰色天空下，雨中掉落的山果
似明灭的灯芯，照亮独坐中的甲虫
售卖桃子的农妇，在自己的右脸颊上
画了一只红桃子。细雨回到窗前，灯下
居士们在安慰干请的人，酒比猿声还苦
你去的远方，据说离雪山很近
谁的齿痕那么浅，像鲜艳的破绽
这出路，适宜和虫子一起慵懒下去

过故人庄

披着蓑衣，所到之处
皆是我的故乡。但从破碎的瓷片上
我看见鲤鱼，往嘴里塞泥巴
而莲叶垂下头颅，像末世的公主
发现第一道皱纹，正路过故人庄
桑麻之事，不甚了了
加了微信，在返程的路上
才验证通过。烈日下，备注上的乳名
渗满汗水。折扇散了，在群山的倒影下
舟楫是扇面上走失的点墨。青色门槛石
压不住的蝉鸣，叫醒了莲花的灯座

捕梦者

镜子背面，老虎的胡须似钢针
梦的深处，蛇蜕掉的皮，蒙在鼓面上
敲击，用左手孱弱之力
进山的道路如此陡峭，他卧倒于地
用相机拍下虎斑蝶。钼在深山
海拔七百一十米。鱼翔浅底
装进竹篮里的水，足以浇灭我
胸中的块垒。涉足沙漠的船
满载着九孔藕。藕节上，帝王的胎记
时隐时现。逃遁之路近在咫尺
小区门口，卖桃梨的云南农妇
她那台矮小电子秤，刚刚称量过的
失重天空上，飞来苍鹰一只

礼堂路札记

荫翳，比蝉的叫声轻，谁穿过这里
就会穿过后半生。紫薇在高处，岩茴香
匍匐于血液淤塞的低处。偏向阴影的一面
已被画家搬到纸上。张贴过讣告的门楼
如今簇然一新。白色墙壁，好像刚刚
熄灭了的火焰，"给归来者开辟一条走廊"
耽于帕斯式的想象。但狮子和龙曾在这里漫步
花船与高跷，踩出的步伐一定惊动了
灌木里的枯枝。树下，他恪守阴影的边缘
恰似对真理的坚持。烈日悬于头顶
竹篱笆上空无一物。对面道路上，掘地三尺的人
埋下新的线管，而向上的藤蔓结出无名果实

山雨欲来

蚂蚁绕过我的鞋尖，雨点在云层后面
摆下散淡的棋局。捻棋子的手
也可以掀动湖边的翠柳。远方的人
奔赴在河水墨绿的往事中。谁在垂泪？
画中树木寥寥，人烟俱灭
新的废墟，顺利避开了蜜蜂的路线
但我心中，倒悬的塔，腾出了空阔的位置
碰壁，面壁，抽打陀螺的鞭子
勒在镂空的酒杯上。繁花落尽
雨水膨胀的树梢，把半扇格子窗
推向夜晚的琴弦，余音把长椅
折叠成病房的形状

那片水离我很近

七上八下，让我想起摁在水里的葫芦
定有一个下落不明。那片水从桥下流过
浮上来的手掌，已不能给远方的姑娘
送去一束鲜花。我们在破裂的陶罐里
喂养睡莲和水仙，取湖水去浇灌
几块菜畦。苋菜咬破手指，蒜苗捂着眼睛
土豆偏爱斜坡，无休止地滚动
被石头阻止。纵身一跃的事物中
麻雀最决绝。从高压线到桥栏
颗粒状的影子，狠狠击碎水里的落日
波澜拧紧心肌上的痛。当我打开电脑
绿波微漾，小舟空空

正午的叙述

写错的字，被画了圈
多余的句子，被画了长线
五百米的终点，要在墙角修鞋摊那里
钉上钉子。我足以从盛夏走到凛冽的冬日
薄雪像故人，木屐并不寒凉
倒过药渣的路面，也覆盖过纹状螺钉
虚无的空间，因鸟鸣而找到出口
碑刻者蹲在石头上吸烟，龙的爪子
尚未现形。松枝垂向祖父的睡眼
轮椅上的人，他触动按钮
天空就下雨了。我独在路口徘徊
浊浪拍打梦的边缘，湿了我的鞋底

硬　币

鼓在楼上。鼓声吞没的落日
此刻，又被什刹海深绿的波澜挽留
墙体斑斓，二胡用苍凉的余音涂抹
暗淡的油漆。一枚硬币，需要另外
一枚硬币，才能看见自己的面孔。声音消失
舌苔下，语言孵化的鸽群，从胡同口飞起
依靠纱网和脚手架，工人把失散百年的鼓点
找了回来。擂鼓、失明，或在围墙下拉二胡
人海茫茫，众人仰望鼓楼楼顶的时候
绿灯还剩下十秒。硬币攥在手中
返程的路上车辆拥堵，琴弦被无声地拉动
金属牛奶盒里，有种声音，在推着回声

地上的名字

火焰能带走的，只有我们的脸颊和泪水
思念和哀伤覆盖的灰烬上，有只青鸟
正从那里起身，它从虚幻的字体里获得了
永生的力量。海浪奔涌，圆圈之外的脚印
今夜交给栅栏下的野花，这永不熄灭的火
为多少匆忙的步履照亮前程。当风从街角
吹来，在地上写下名字的人，不得不再次
垂下眼睑，他从火焰中窥见了大海和高山
灰烬把余温传递给道路，留在地上的名字
依然冰冷。如果领取银两，不费吹灰之力

午后读清同治《霍邱县志》

点校人员，需要脱帽致敬

编审人员，则需要把笔帽合上

在一页页死者面前，活着的人

无论按姓氏笔画，还是职位高低排序

都是虚妄的。铺驿、坛庙和坊表的位置

现在则布满快递网点和采摘园

有名之人，东西相向，立赞、两拜

无名之人，择沃壤为耤田，扶犁、执种箱

乡饮多么隆重，诵《鹿鸣三章》

卒歌声奏，酒酣时，有人把名字喝得

只剩下姓氏。醉酒后，家乡已变成故国

文字深处，木雕碎了一地。大雪纷飞日

提笔，我还没有想好，是补上梅花

还是麒麟的尾巴。第 257 面，任之萃，字香圃

乙酉拔贡，尤长于诗文词，为人慷慨

城破时，骂贼不屈。死。枕边，县志如砖

压住我的鼾声，而滚雷远在时间的边缘

独轮车

孩子们推独轮车，菠萝在列队
削皮刀和手套组成一对近义词
独轮车把手与操场上空的彩色气球
则不同意。如果可以，它们应该是
相反的。那根缺失的指头，反对怜悯
像锋刃反对月光。棉手套戴在老人手中
旋转中滚落的碎皮，被喧嚣声淹没
花苞在街角等待绽放，洒水车走过
修鞋匠撑开一把雨伞。在晴朗的下午
伞是心急的花苞。伞柄朝上，鞋匠须以
蜜蜂的姿态，才能完成对这朵花的修补
独轮车在我身后滚动，鸽子带走气球
六岁的女儿笑着，她推着轻车一路飞奔
从不考虑时间、障碍物和目的地

往返礼堂路

红灯四十秒后，才真正进入礼堂路
在此之前，城市的对称性因为一段
围墙的坍塌而丧失。小诊所正处在
这个关键位置。过了路口，阿司匹林的味道
就淡了许多。孩子的书包里，塞满了昨晚
熬夜制作的贺卡。幼儿园门口的菠萝
格外香甜。母语多么亲热，老师和春天
垂丝海棠与三色堇。从独属一人的礼堂路
到被众人分解的礼堂路，天空献出青瓦屋顶
和一只灰色鸽子。浴室、早点摊和棋牌室
把自己藏在树叶下，而蛰伏了一冬的树枝
以最快速度，摆脱时间的束缚。花红柳绿
胜过万卷书。太阳总在身后蹒跚，我的往返
从厨房到打印机，正好置于礼堂路的两端

水门春行

傍晚，两棵香樟树之间的吊床
让众多植物的心悬起来。孩子们的欢笑声
在扩大这片花木的罅隙，而哭声把栈桥推远
那些不曾破解的意象，又绷紧了神经
没有真正的守口如瓶。梅花的蕊有九根
玉兰绽开花瓣三枚，但蜜蜂仅有一只
勤劳，已配不上满树繁花。卖甘蔗的老人
从口袋里掏出一座果园，他松开塑料袋
果园撒满甘蔗皮和硬币。只能绕行一圈
我要在天黑前过桥，遇见的人在县志里
分别姓郜、窦和魏。对不起，被忽略的名
在这里继续忽略。就像迎面而来的蝴蝶
吃烤肠的快递员，他们走着与我相反的方向
暮色深处，湖水淹没花朵的嘴唇，我的秘密
比柳枝上的叶芽更娇嫩。你说的春风呀
不会写信；我说的湖水，比玛丝洛娃的眼神
更清澈。崭新的阁楼值得托付给一把旧锁
那扇窗口，黑黝黝的，像落日熨烫的伤疤

鞋子消失在礼堂路

如果雪在梦里翻身，树木就会挂满繁花
如果花朵卷起身子，雨就落满了礼堂路
我乘木船从湖底返回，仿佛由严冬步入暖春
船桨滴着湖水，脚印湿漉漉的。站在鞋摊前
黑色钉拐，像鞋匠的另一只手，狠狠抓住
那双不属于我的鞋子。还剩下最后五百米
道路两旁的海棠、紫叶李和玉兰敲锣打鼓
到了稻香时节，礼堂大厅里的浮雕会驶出
一辆辆解放牌卡车。战士们放下枪支和水壶
在湖底收割稻子。唯这只倒扣在钉拐上的鞋子
回到浮雕中。它踏过的淤泥，遇见的风浪
硌出的伤口，此刻都毫无保留地抖落出来
但另外一只，永远是个谜，它不属于道路和脚板
无论使用筒锥，还是剪刀，疼痛对它都是无效的
麻绳长，鞋钉小。在街角，鞋匠抡起小锤子
比花瓣轻，比雨点稠密

雨中的礼堂路

傍晚，礼堂路像盲者消失在如幕的雨中
那些没有雨具的人，从葱茏的叶冠下
疾驰而过。天空的伤口从这里开始愈合
小酒馆里，灯光摇晃，用醉去的光芒
来缝补破碎的菜单。一盘手撕羊肉
返回辽阔的草原。一片滴汁的菠萝
返回热带雨林。而一张薄纸，它脆弱的心跳
在酒桌上安宁下来。远方止于
此刻昏暗的礼堂路。花朵战栗的枝丫
因为雨水而敞开心扉。雨渐止，我的迷失
和着暮色的节拍，来到低矮的荒坡
吊桥的另一端，礼堂路张开灰色的翅膀
它若飞翔，青瓦屋顶像梦中找到故乡的人

礼堂路春花图

我有一个垂直于生活的平面，当夜晚来临
灯光会将其轻轻折叠起来，礼堂路就是
那道浅浅的折痕。但到了白天，这一切
就会发生改变。花枝灿烂，鼻孔有了新的江山
逗鸟与遛狗的人，在路上相遇，鸟的叫声清脆
破译了礼堂遥控门的密码。一大早，就有人
背对花木打电话，带着怒气，焦急地说：
快点，把我的身份证带来，我在礼堂路
如果他转身，会从灌木中挺拔出新的身份
山茶花羞愧，垂丝海棠的脸比前一秒更红
伸出娇小的手指，送来露珠一颗。哦紫荆
已不再是紫荆，昨天尚未吐蕊，而今天
她饱含泪光，把发髻挽得很高。我极力铺陈
光线和雨露的线条，阴影面积在不断缩小
三年级的儿子，也能在春花图上点缀一笔
或在算术本上，和姐姐一起计算这阴影大小

G2551

梦里始终醒着的人，才能看清
自己的脸，比镜子真实。动车静止时
看见自己的速度，窗外反向行驶的列车
一晃而过。四月的平原，麦田望不到尽头
眩晕的体验只属于麦子。光线时明时暗
如幕布在眼球上移动。行程由北向南
我尝试回归的世界，像油画一样绚烂
苹果树下，他的苍老，遇见了车厢内
稚嫩幼儿的哭啼。灰色天空下的果树
空空的枝丫似血管。面包滚落的轨迹
偏离了铁轨的走向。两千里之外
雨，落在十里店公交站。失踪的人
再次回到这里，他们额头上的雨水
如发光的萤火虫。所有的行程与归宿
在这里会合，又从这里消失

立夏日

这一生有多漫长，绿皮火车上
铁轨拖沓的声音会轻轻告诉你
从漆黑的南方之夜开始，我的恍惚
像窗外明灭的灯光一样。稀疏的站台
寥落的旅客，无数和衣而眠的梦
从立夏日的深夜，蔓延至嘈杂的丰台站
车门的镜面上，我久久凝视的那个人
永远无法看见门外的风景。初夏微凉
农民蹲在地头劳作，低矮的平房屋顶
炊烟纯如明眸，向天空伸出愧怍的手臂
餐车来了，绿豆在汤中安静的样子
正是我们的样子，清淡、温润而安静
在经历了长久的沸腾和冷却之后

闷　雷

闷雷滚过天边，裂变的词语
从会议桌的缝隙里发芽。树荫寡淡
他仰头，喝完瓶里的最后一滴啤酒
此刻，他是搬运工、快递员或者理发师
粗大的喉结里，可以走动车轮与剪刀
我们的讨论是无效的，雷声被处理后
它的隐喻，只有池水里的睡莲才能顿悟
字词滑向斜坡，在滚落的圆珠笔那里
堵塞的车辆犹如长龙。尾灯闪烁之间
路旁的月季，在修改者手中获得重新
绽放的自由。我不能反对比喻，更不能
反对一朵花，同时获得两次凋零的权利

长颈瓶中的蔷薇

瓶空着，无数夜晚的月光
也无法将其填满。那么细小的瓶口
有什么样的嘱咐，值得托付于它？
纸上的字，爬满白底青花的瓶身
腹中，我的臆想，约等于它的秘密
慧新路的蔷薇，攀援在虚无的墙壁上
丧失光芒的人，借助一束单薄的花枝
走上趔趄的行程。道路迷幻，如你在白纸上
收集的清冽与嶙峋。谁在夜晚和白昼之间
打开细小的瓶颈？下坠的意象如此迅疾
把蔷薇送进瓶口的人，失眠在微涩的气息里

记忆支持者

田野上的雏菊，路旁的田旋花
云杉铺满白霜。登山的道路上
我们的包袱越来越轻。积木少了一块
芭比娃娃的小拇指，长在头发里

老人的背影，长椅上的雨珠
多彩的泡沫，把夜晚的天空推向河边
亭柱上，你随手勾勒的痕迹
成为下山的捷径，没有荆棘和栈道

古筝上的弦，输液管里的药水
丝弦拨响世界。眩晕的人不止我一个
谁在辗转身体？拐杖敲响的大地
一群孩子，欢笑着跑来跑去

青瓦之上

炊烟散尽，青瓦吊着冰锥
火焰向上，大雪从天空而降

我和儿子各持一截冰锥
他哆嗦着小手喊冷。在故乡的雪地
我们露出各自破绽，却视而不见

父亲把胳膊伸进血压计的臂带
数字记录的压力，穿墙而过
火苗从灰烬中，抬起苍白的额头

木杵向石臼叩首，开水冲服药丸
向火塘添柴的人，用火光驱走旧年

我们不再为一片瓦当担心
期望雪花更大些，崭新的炊烟
总是出现在一片陌生的屋顶

街头枯坐

茶渐凉，你修剪过的花枝
又冒出新的花苞。试衣间狭小的镜面上
有道裂缝，试衣女子从那里悄悄退回
往日的生活。绿茶换成咖啡，坐反向的地铁
回到旧居。钟楼上，时钟卡住凌霄花的脖子
逆时方向的指针，指向昨天下午的卡座
众人枯坐街头，等雨，饮茶，谈诗
看玩滑板的孩子，穿过栅栏下的铁门
这一幕，多么熟悉。三分钟前
他把滑板扛在肩头，磕破的鼻尖上
滴着鲜血。我们的桌面因此而战栗
楼宇间，太阳缓慢下坠，拥挤的站台上
无数陌生人，奔赴与我有关的远方

仰望美洲豹的女人

用牛奶泡沫，去消解周三下午的喧嚣
小匙搅动的世界，只需要一扇落地窗

木质楼梯尽头，一百多年前的窗口下
小黄车像鸽子，手绘的罂粟花那么美

黑色裙裾上，那头尚未显形的美洲豹
迷失在小糖房胡同。别人家的屋檐下

月季大如斗。细藤蔓爬上空无的竹竿
而步履却垂直向下。从西什库咖啡馆

出来，导航定位失准。巷子深处多花木
面对青砖照壁，我们的穿墙术同时失灵

常营站

得有一只完整的杯子
向另一只破碎的杯子鞠躬
晚点的飞机，带来最爱的人

夜色中的花店，只有它的狭小
才配得上它的无限。一朵花拥有三个名字
一片叶子献出两次生命。向阳的窗台上
金线球迷恋的夜晚，令我失眠多梦

铁钎穿过多春鱼，在炽热的炭火边
语言制造泡沫。乞丐摇响他的钱罐
喑哑的歌声里，玫瑰以枯萎留住时间

辑二　当你起航

当你起航

总是从葬礼开始，你在小说里
虚构的那条路，紫薇繁盛，像废弃的章节
竹架上，清脆的颗粒是众多露珠的化身
"将诅咒变成一座葡萄园"①，但远去的人
把梯子背在身后，他为随时可能的碰壁
准备好了道具。腐烂的梨子，如果仰起头
也能迎来一脸阳光。我把影子留在大海
路把路口留给破旧的拖拉机，把终点留给
喜欢想象的人。柿子树上，结着别人家的果子
那时的青涩，还不足以压垮你的脊梁
那时墙壁无瑕，裂纹在鼻孔里形成

---

① 奥登诗句。

在松果之前

观画，识别蘑菇
线条里，向死而生的色彩
即将破框而出。而蘑菇的毒性
因雨水和阳光，多了迷惑的颜色
引力向上，顺藤可摸瓜。花朵托举的蝴蝶
把一条路压在翅膀下。秧田密不透风
在花蕊里种下脚印。室内笙歌如剑
半袋龙虾饲料，配得上地方志里
那方即将干涸的塘。文游台上的禅字
裂成两半，是稗草抠破了石头的脑门
灶底火，锅中鱼，最煎熬的是松果
在语言的锯齿中，鳞片剥落，晴雨不定

初夏登上方山

群山青绿的弧线，恰似母亲的叮咛
十里之外，推杯换盏的酒桌上
一座山，颠倒在酒中。看垂直的侧柏
把三百五十年的根茎，插入苍穹深处

登山者，一律成了下山的人
鹰眼状的桑葚，缀满山岩旁的铁索
我们每一步攀爬，都是倒退和虚妄

石碑上的行书，撕掉无形的枷锁
蚂蚁和苍苔，攀附每一条进山的石级
上锁的红门后面，瓜架已经搭好
藤蔓细如丝。我爱的果实，尚未长大

石 说

叶子的茂盛，始于最后一朵花
凋零的时刻。石头上，我精心镌刻的汉字
将永远活在过去时。茶水煮沸了
古筝上的弦，要在晚上九点之后
接受星辰的问候。石头沉默
把我们的语言，放在沸腾的炉火里淬炼
看打铁的人，又如何在石头上立传
用一地齑粉，交换凌乱的药渣
我们的爱，永远小于我们的痛
流水滞留的地方，浮萍羞答答的
小船凝固于那永恒的漩涡。敲打铁盆
看大熊星座跳舞。水又回到源头
在导航中，能否找到最近的出口？

颁赏胡同

葡萄藤金属般的触角伸向天空，那里
有无限深蓝，像不可预知的命运在等待
我们去探知。逼仄地带，灰色鸽子带来
远方的消息。垂花门与海棠花，划分时空
要使用另一种方法。方言，或脚蹬三轮车
老旧的收音机里，播放着最新的时尚消息
石鼓上，鹿在回头，但缺少温情的双眸
莲花开了两朵，火焰从石头内部诞生
向西八百米，游人如织，纷乱的脚步
穿过古槐和白皮松下的根茎。门前合影
陌生的拍照者，从湖水里窥见失踪的马匹
天气不可信，提前预约的日期更不可信
但大理石上的文字，借助錾子和机器
重新得到定义。我要一直往曲径处走
一条巷子的尽头，生活才真正开始

墓碑上的海

雨水洗过的墓碑，像一面镜子
献上鲜花的手，却擦不掉镜面上的泪痕
有人跪在碑前，把石头上的汉字
仔细描摹一遍。门扇安插在大地上
而时间，已取走门环。云层打开翅膀
给墓碑披上花环的人，将要乘船远去
这里是平原，黑色的碑体上
涌来一阵阵蔚蓝色的海浪

拾吾舍①

柱子下的石兽，五官模糊
屏风上的飞鸟，一生都在行善
奉劝竹子开花。眼看石头
就要流出泪水。眼看湖水
送来大海的问候。而那双黑色翅膀
还没有穿过梅花、细雨和针眼
我们饮茶、谈诗，兴浓时，狮子就在
横梁上滚绣球。大事大如芝麻
但好事还在后头。在巢湖的白帆之后
在花竹掩映的叠石之后，在巷子深处
悬挂的油纸伞之后。关于诗歌的观点
我只陈述给麒麟、貔貅、游龙和凤凰
之外的其它动物听，它们默默承受着
岁月和廊柱的双重压力，不见天光
在阴暗的角落里，静候金瓜炸裂

---

① 民宿，位于巢湖之滨六家畈境内。

春游水门塘

比喻是无效的，垂柳鹅黄
那探入水底被水草裹挟的柳丝
要通过这行诗，或者儿子对比喻的反对
才能重新举起手臂，与落日握手

而落日，被粼粼水波撕裂
枯荷在水中，莲蓬上的小孔
塞满淤泥和污水。无数稚嫩的声音
正从那孔中穿过。气球或一捧沙子

都会在此刻溃散下去。高压线上
那只孤零零的熊猫气球，一天天瘪下去
而孩子们，更渴望攥紧沙子
他们叫着，像沙子从喉咙里挤出来

题兜率寺的侧柏

荫翳大于阳光。院中所有的影子
轻易摘掉身上的鳞片。如果此刻下雨
我愿意站在树下，听雨声，并侧身仰望
枝叶间偶尔滴落的雨珠，如何轻易穿透
三百多年的梵音与香火。蒲团上的小僧
曾在朋友圈捉放过一只蝴蝶，但现实是
蜜蜂擦耳飞过，林蛙以枯叶加冕
碑刻模糊，石头走神的时候，总有游客
打开易拉罐。它不易察觉的裂纹
始于每一次的倾听，与呼喊
我要走上一小圈，让细碎的步伐
踏上相反的方向，让跫音代替蝉鸣

窗台寓言

鹅卵石和纸在一起，组成最好的风景
从此窗望去，请允许一条河流
缓缓舒展她的皱纹和心事。鸽粪、笔筒
废弃的笔头呀，无论多少次修改
都仅仅是开个头。攥住鼠标的手
轻轻松开。白纸上的数字，再也不能替我
打开邮箱。鸟鸣塞满笔管，窗外枯枝发芽
我伫立窗前，像河流回旋的泡沫
凝固一般，悄悄移动自己的身位

从礼堂路到芍药居

浅眠时，礼堂路像一块青色绵绸
每次浮动都带来凉风。众花需要休眠
洒水车还在远方汲水。让未眠之人
与未眠之花，相遇在春天的芍药居
有人乘地铁，有人骑单车，我需借助
硬币的反光，才看清梦里的松针
正由青入黄，铺满小花坛四周
礼堂路淹没在人潮中，在路的尽头
我抬起额头，犹如那只冬天的鸽子
又飞了回来。一棵树，也是一扇门
绕在树后拍照的人，一定提前推开了
这道小门，镜头对着绿萼梅
轻轻地说，我的南方小城，衣架上的湿衣服
有时几天都干不了。而我刚刚拧干毛巾
潮湿的手指，翻开《小径分岔的花园》

夜色下的拴马桩

没有马，就谈不上月光下的奔腾
没有拴马桩，夜色就显得更加空旷
我们的错误是，一错再错
我们纠正错误的方法是，放走马匹
却把拴马桩聚集起来。我第一次数
总共五十根，第二次数，是四十九根
那根走失的拴马桩，会在今夜长出
绿萼梅的眼睛。那匹藏于我心中的马
就要跨过灵魂的栅栏，在语言的边界
踟蹰，嘶叫。小径上，松针缝合的脚步
追不上马蹄声，而柏树咳血的枝条
却反复抽打着马的脊背。唯一的铁环
爬满锈迹。我们在一旁散步、低语
稍不留意，声音便因锈蚀，而嘶哑

画中人

杏梅爬上窗帘，鸟鸣在窗沿上
排下细密的爪痕。当我在半睡半醒中
有风掀动书页，啁啾声划破梅林的寂静
而画中的几栋木屋，虽然开着门窗
但空不见人。秋天的红果实呀
这易朽之物，最懂宣纸和墨汁的保鲜法
虎尾兰离蔓绿绒更近，幽暗中带着馥郁
走完回字形走廊，长寿花就开了
画中，厌倦了尺寸的人，从淡淡墨痕里
消失在田畴的尽头。而我们不甘
并结伴步入画中，带着指甲剪
笔和维生素。抽屉里的温度计凉了
被谁握在手中，那逐渐回升的水银柱
最接近画中人的体温

芍药居的雨

长椅比落花更渴望一场春雨
昨天，坐在长椅上抽烟的男人
在雨中消失在地铁口。雨水在椅子上
还原一个人的姿势和模样。而他的行程
将在雨之外无限循环下去。繁花落尽
绵密的雨脚，在枝丫上走梅花桩
很多夜晚，我从月亮的酒浆中
轻摇天空的花边，并借助一束花的想象力
绕芍药居走过几圈。栅栏外的空地上
有人画圈、烧黄纸，在初春的寒风中
他们瑟缩在灌木旁。夜色将抹掉所有痕迹
冰冷的银两在天明前失效。我撑开伞
接住千里之外的雨滴

从文学馆路到育慧南路

清晨，几个道路养护工手持铁镐
在沥青路面上使劲凿，声音沉闷
甚至冒出了火花。仿佛所有的力量
都被他们握在手中。栅栏里的海棠
低垂着心，阳光在体内铺展的道路
暂时还没有通畅，蜜蜂正从远方飞来
提着笔和黑色笔记本，我从文学馆路
走到育慧南路。狭小的花店挤满顾客
花架上，有两束黑丝带裹着的鲜花
巷口的菜摊，老人们在拣选红薯和土豆
只有个大浑圆的，才能有幸选进袋子里
喝豆浆的年轻人，正匆忙地往地铁口走去
城市从铁镐敲击声里醒来，作为暂居的外乡人
我熟悉的那段距离，需要导航才能完成

钟表店

花十块钱，截掉两节表带，银色的
花二十块钱，让停步的三根表针重新走起来
墙壁上的挂钟，玻璃柜里的闹钟和手表
只活在自己的时间中。指针凝固，像雕塑
也像一首未完成的诗。只有修表匠的心跳
穿过光线中的浮尘，拍打着那张过时的海报
门头上的红色标语：春光钟表欢迎您
但要看清，是钟表欢迎您，而不是时间
上个顾客是位白发老人，表盘里秒针丢了
他认为跑得最快的那根针，一定最忠诚
一旦少了它，生活就会乱了节奏
站在我前面的苗条女士，新买的手表
表带过长，她手腕纤细，只有勒得更紧些
才不至于让时间轻易跑丢。而我的问题是
在表针再次转动前，那段无法被刻录的时光
都去了哪儿？看书，剥洋葱，给绿植浇水
跟儿子下象棋。包括此刻，静静等待师傅
撬开表后盖。哦，都说光阴的背面多么美好
只需要一把小镊子，我就找到了丢失的过往

带着石头登长城

长城把时间分成两半，山花可作证
当我握着一块石头，登上长城时
时间并没有为我们有过片刻停留
把它握在左手心，是时候把右手空出来
右手麻木、燥热，交给垛口处理吧
那里风大、透凉，春天经过这里南下
让左手充实起来。带着石头登长城
我六十五公斤的身躯，还不至于摇摆
那多出的一点点重量，很快就会被
大风刮走，被浓郁的花香熏晕
石头一辈子都在仰望，当它和我一起
来到高处，也会为漫长的下坡路发愁吗

看越剧记

即使迟到的人，也赶上了悲凉的剧情
而提前退场的人，把自己的入场券丢在了
十点一刻的 5 排 39 座。棒喝太过于温柔
我更想做个无名的小厮，双手奉上棍棒
把鞭笞的表演，交给别人。舞台上的碎步
要走几圈，才能遇见最爱的人？而水袖
要摇摆几次，才能把眼睛里的湖水
彻底释放？剧情册上没有，演员的脸上
也没有。演奏台上的乐器渐渐静下来
只有观众的掌声，不时在我耳边响起

夏日新篇

有一种绿，是被雨水洗出来的
比如昨晚的杏园。有一种绿
是被鸟鸣叫醒的，比如今晨的梅林
而褶皱的稿纸上，诞生了第三种绿
即使雨下三天，也无法消解其中的醉意
即使鸟鸣三叠，也唤不醒假装睡眠的笔画
掷笔，窗外的天空阴沉，如考古现场
被盗的痕迹那么浅，而期望却那么深
凌晨的酒杯，飘荡着多少迷途者
我频频举杯，向地铁口卖玫瑰花的人
向夜归人，掩面的秀发在风中战栗

玉泉路某无名巷子

鸡冠花丢掉头颅，一夜秋风
对面的玻璃碎了大半。哦，碎渣中
血腥的鸡冠花，诞生了新的寓言
石头堆聚起来，再也没有被抛掷
秋分这天，算不算"有时"？铁锹与杂草
铁铲与广告，我们纠葛的肮脏和整洁
从巷口的早餐桌，跌入工人电焊的火花中
六辆黑色手推车，环环相扣
轮子一律朝上，仿佛透过蓬乱电线
天空预设的逃亡轨道。推动其中的一辆
另外五辆车的轮子，也抖动起来。巷子深处
有更为让人着迷的速度。爬山虎缺乏营养
在某处院墙，骑着秋风，快马加鞭地奔跑
轮椅上，颤巍巍站起来的人，为白芷浇水
花盆跌碎成五块，轮生香菇草散落一地
碧绿的叶片，依然保留着完整的轮状
即使沾满泥土，也要开始新一轮飞翔

九月的最后一首诗

小区上空，只有一颗星星，无论我们
走了多少圈，它依然位于东北方
两栋楼宇的夹角处。星辰背后
有块幽暗深邃的毯子，只有在今夜
独独为一颗星星，献上广阔的背景
我们每走一圈，都会说个故事
桂花二次绽放，椅子有些凉，铸铁的扶手
需要故事的结尾去安慰。但我们
每次路过这里，新的故事总是才刚刚开始
三楼亮灯的窗口，儿子趴在书桌上写日记
他写到梦境里，所有的门窗都开着
人却消失不见。他驾驶的汽车
毫无目的地奔跑。而我们的故事
在这里收尾，并与那扇窗户背后的故事
发生交集，像两个人影，在路灯下漫漶

从理发店到铁矿场

一旦坐下来，镜子里就会有双
陌生的手前来问候。一旦闭上眼睛
愁绪就会纷纷飘落。旋转的椅子上
时间的支点只有一个。而地下五百米的张庄
情形就大不一样，监控平台显示
当前井下工人二百三十人。最深的地方
颚破控制系统，正把块块矿石吞进嘴里
反复咀嚼，然后反刍到有轨运输车上
这一切，都发生在我们看不见的地方
地心的发际线，被操纵按钮的手控制
而裁掉发丝的剪刀，还需要磨一磨
频率仅小于怨愁，电流轻轻擦过头皮
上午十点零九分的矿场，没有任何声响
来自地心的问候，穿过平面镜而来
手持吹风机的理发师，和我谈起了
人工降雨、卡塔尔世界杯
以及价格不断上涨的猪肉

高祖山

汽车在墓碑起伏的山脚爬行
这极不真实。虚无的另一端不可能
是山巅的蓝天，也不可能是
"手术专治癫痫"的那面水泥墙壁
穿过墓地、养牛场、池塘，穿过种满
构树和女贞的苗圃，我们要攀登的山
据说汉高祖曾登临过。他有一匹白马
在山的西坡吃草。他的侍卫，在远方湖水里
看见无数可能的渊薮。现在我们几十人
在山坡上吹口琴，看航拍无人机飞来飞去
我们更想这山望见那山高，但这里的几座山
都一样高，南边的那座似乎更矮点
如果我们去那座山，就能仰望这座高山了

牛背塘

我们再也无法从牛背上找到什么
笛子已发芽，中年人在茶舍里抽烟
几株栾树，需要更细小的木棍支撑
活着那么艰难，痕迹却越来越淡

靠近这方水塘，栈桥牵扯的波澜
在复原牛的某个部位。薄霜覆盖脚印
水面醉了，在牛背上轻轻荡漾

我们漫步的地方，布满羽衣甘蓝
而这里，曾有枷枮深深地勒过
我们姑且把吆喝丢在一边吧
谈诗，喝茶，扫微信加好友

肥东六家畈，灯火摇曳的夜晚
月亮翻过墙头，一枚无声的铃铛
挂在牛背塘空阔的水面上

龙井沟

山峦上，有人击鼓，雷声隐隐

山脚下，孩子在捕鱼，石缝里的秘密

在水中被放大。大事，只用于杜撰

而小事，从脚丫穿过，又从指尖露出端倪

藤蔓爬上石头，那是几百年前的事情了

但藤蔓爬上心头，仅仅用去三秒钟

潭水深处，曾有人在此摇旗呐喊

石级碎裂，在水中呼喊的样子

太过于逼真。水，还是浑浊为妙

若龙栖鼓面，那变幻的风云，因长久地捶打

而趋于安宁；若龙偃沟壑，云桥之上

手扶绳索而摇晃的人，在潭水里画龙

但迟迟不能写下点睛之笔

透明的风景

看她，在夕阳下轻摇柳树的枝蔓
折柳的人还没有来，我保持黄昏的叙述节奏
货梯抵达157米，阳光在楼体的另一侧
发生折叠，或提前给夜晚的落花写信
骑马的人醉了，渡船到对岸的木质茶楼
虚空的地方，适宜使用脚手架和吊机
在茶叶荡漾的杯底，唤我们名字的鱼儿
一会儿是红色的，一会儿又是白色的
更远的风景，把玻璃含在口中
徘徊在地铁口的人，像故乡的槐花
雪花簌簌，只有大地上的皎洁
才理解我此刻的心情

Z226

三个人的梦境叠加起来，也抵达不了
车门的镜中。而孩子的呓语，却轻易解析
两侧摇晃的世界，像我酒后翻过的书页
塑料棚中的菜蔬，沟渠里的清水，白杨树梢
飞过的乌鸦，对镜施粉的女人，狭仄车厢内
轻微的鼾声，越过立夏日的最后一束星光
抵达我的床前。卧榻之侧，我的无眠容纳了
两个异乡人的酣睡。天渐白，车渐止
西侧车窗上的天空，飞机留下的一道白线
在我脑海里划出巨大鸿沟。火车即将到站
而她的妆还没有化好，慢一拍的美丽
不妨让餐车再次回来，鸡蛋撞向小桌板
咔嚓一声，生活的况味破壳而出
湿漉漉的脸，像梅花鹿，从山林深处回来

辑三　时间的炼金术

时间的炼金术

整个下午，我像闷罐中的一枚硬币
被遗忘许久，渴望四处碰壁
摇起又放下的声音，是我的生命

红帐篷下，藤椅几近松垮
它日益塌陷的身体，像残塔一样
寄存在烈日下。园林工，卖花姑娘
在植物园抓拍蝴蝶的摄影家
盛泰服装厂女职工儿子上网课的耳机
从藤椅的凹陷处一一走出来

遮阳布似巨蟒蜕下的皮
而花棚里，每天都有新事
帐篷、花棚和铁皮房，在无人时
会独自掀翻自己的顶棚

切割机的嘶嘶声，从不远处传来
崭新的大理石桌面上，新的轮回
在保温杯和牙签之间诞生

立夏的修辞

"我又回到时间里来了
听见表在嘀嗒嘀嗒地响"①

烈日花棚下，刚洒过水的鲜花
滴答滴答地响，我好像逃到时间之外

没有人能做见证，有些花还在生长
有些花已近枯萎，有些花不知去向

卖花人老了，坐在藤条椅上打盹
他面前是一堆形态不一的空花盆

空花盆有大有小，有陶瓷的有塑料的
空花盆看上去，比装花的时候更好看

---

① 语出福克纳《喧哗与骚动》。

晨跑者

红灯转为绿灯之前，我依次是湖水
婆娑垂柳、垂柳下喝粥的环卫工
裹挟在一群中学生里，起跑线可能很长

反向跑开。我要冲破一群渐渐凸起的喉结
惺忪睡眼，以及滚烫的变声期
把泥土化为金箔，把太阳化为自行车
嗷嗷待哺的轮毂。快速旋转且背驰而行

十分钟后，他们欢笑着向东散去
穿过游乐场、安置小区、霍寿路和体育馆
在一张狭小书桌前，埋头诵读

我的诵读，早已喑哑在喉咙深处
我体内的雷霆，已化为故乡的松果
每一层，都回荡着诵读声

面壁者

他只有一张藤椅
却拥有两面可供参照的墙壁

给一盆鲜花腾出位置吧，由数片薄膜
横幅和广告纸糊起来的花棚，四处漏风
这是人间馥郁的住处，我愿在此面壁

从南到北，可以轻轻踱过十步
十步之内，藤椅不会散架，背后的墙壁
也不会垮掉。墙壁上，那些斑驳的号码
依然会在某个时辰，被人急切地拨通

等待无限长，花期却极其短暂
被影子松绑的墙壁，会受到花香干扰
夜半时，一摞空花盆会推倒一面墙
而天明前，这面墙又会在原地矗立起来

我是修复藤椅的蹩脚匠人
也是推倒墙壁的始作俑者

夜宿房山

太行山余脉，在我们的酒杯中
又蜿蜒了一程。残桥、块垒和语言
丧失得越来越多，从河流开始

我用过的橡皮，有擦不完的错别字
所有的擦肩而过，都缘于平原与山峰的对折
北边麦穗已黄，此处菊花白正香

暮晚，燕山像温柔的小兽
舔舐自己妩媚的轮廓。于低处看山
从老照片中，找到丢失的铅笔

推窗，远在烟囱和厂房之外的部分
愈加清晰。小满日，喜欢的人和衣服
从梦里走出来。眼睑里的雨，没有声音

收藏馆里的中药柜

想起我的胆囊息肉，甲状腺结节
轻度脂肪肝，偶尔的鼻炎，还有割掉的阑尾
我一次次拉开中药柜的小抽屉，又一次次
轻轻地关上。柔美的毛笔字那么小
秤盘秤杆那么小，柜子上铁环拉手那么小
抽屉是空的，但我不相信全是空的
跟我有同样想法的人还不止一个
他们也毫无例外地频频拉开抽屉
柜顶上有个青花瓷罐，我们够不着
如果那也是空的，之前曾装过什么？

夜晚散记

湖水旋转，当对面的木马按下停止键
而海盗船启动时，垂柳却把一阵热风
分解成广场上的鼓点。斑马线在夜间
会悄悄站起来，像脊背发亮的斑马
走过它白天躺过的路面，走过学生们
列队集体唱歌的操场。一群群购物者
从超市凉气里出来，提着西瓜、面条和荔枝
有人握着地球仪，不停拍打，仿佛急于寻找
某个遗忘的角落。而那个拍打地球仪的孩子
是夜晚的支点，他携带着整个世界
步履依然轻松。抬头看看楼宇间的月亮
离我们这么远，远在这孩子的手心之外

水门塘记

微醺的人，宜登高
十四年前，胸怀雷霆和少年过剩的荷尔蒙
在水面打过窈窕的水漂
嗖嗖声，像划过诗句间的冷冽气息

塘埂上晒稻谷，心间燃烧烈火
吊桥的难题是，需要摇晃的心旌
才能到达彼岸。而拆除吊桥的难题是
我还缺把锋利的剪子，词语中还没有
诞生"咔嚓"，徒步穿过的梦境更真实

上茶的服务员，不会唱肥嗻
她家住水门塘西两公里的陈家埠
昨夜星辰落水，有一颗属于她的爱情
说到水，她略带羞赧
说到登高，说到塘中的楼阁
我们适宜回到古代，做个书童

皖西大裂谷遇松鼠

在只能侧身而过的裂谷深处
单薄与肤浅，显得更为适宜

不期而遇，一只松鼠警觉的眼神
从草丛里探出。一瞬间，我把心悬到
悬崖之上。它尾巴灵敏地摇动
攀爬自如，甚至还停下慌乱的脚步

与我对视。哦，我必须屏住呼吸
它在栏杆之外，舒卷细尾，摇摇欲坠
我在栏杆之内，紧贴崖石，心跳加快

脚下，我们踩踏的峭壁形成于亿万年前
而我们第一次相遇，是三十多年前的冬天

三十多年来，那双松鼠皮毛织就的鞋垫
是我每天必走的悬崖，让我步步惊心

橙子的挽歌

水果刀绕着橙子旋转
手指在琴键上跳跃
白纸上，我的笔尖顺从我
又推翻我

天气预报说，雨将来临，气温略有下降
墙壁上，挂钟的指针
指向另外的时辰
在一排书架前犹豫、徘徊
出神的我，覆盖了清醒的我

被切成若干小块的橙子
插满牙签，晶莹又剔透
它默默接受刀子的训诫
又替一根竹子，诉苦喊冤

雨在路上，钟表的滴答声
像极了谜底。当果盘只剩下
淡黄色汁水，沁凉的谜面
终于和盘托出

补 丁

有没有一根线，可以召集所有的补丁？
有没有一个补丁，可以唤醒所有的漏洞？
如果有，最先反对的，肯定是针

补丁缀在襁褓、棉袜、档案袋
和雨伞上。缀在米缸、秤盘和屋顶上
缀在脑袋、牙齿和残缺的肢体上
有时，补丁也缀在签筒、密码柜、面具
以及门前的一对石狮子上

离乡后，炊烟是补丁；穷途末路时
思念是补丁；而思念时，一滴一滴
落下的眼泪，就成了最小的补丁

当我把这些字词，敲打成诗句时
这分行的补丁，再一次宽宥了我

人 间

棺钉在一点点往木头里渗透
而这力量，并非来自榔头、铁锤
以及刈麦的镰刀。这悲痛之力
恰恰来自亡者儿子，脚上的那双
白色耐克鞋

他必须用力，方能跳上
堂屋中的棺材。双脚的力量
由涣散到集结，耗费整个余生

蹬踏之间，泪水决堤
由愤怒转为蹬踏的少年们呀
转眼间，到了蓬松的中年

我们曾双脚朝上，使劲蹬踏
从母亲的产道，挣扎着来到人间

死疙瘩

说话声要小一点，尽量不惊动那些马儿
玉兰花落下来，有几匹马提前感到树枝的颤动
没有什么能拴住马，包括缰绳、石头和铁环
但石头有想法，它死死拽住狮子和猿猴
狠命往自己身体里摁，以至于把自己
摁进了泥土，并把每个路人，都看成是
一匹曾经拴住的马。我们抚摸，那被缰绳
勒过的地方，格外冰凉。我们一旦驻足
马便昂起高贵的头颅，它奔跑过的路程
已远远把我们抛在身后。从关中到京城
五十根拴马桩，被马车拉着一路颠簸
欢腾吧，石头，信马由缰的生活刚开始
哪怕你给自己系上的是死疙瘩

桑 葚

当桑葚成为风景，桑叶只能是陪衬
当桑葚染黑了我们的牙齿
有谁会想起，蚕快老了
作茧自缚，何尝不是一种修行

白瓷盘内的桑葚，白纸上的汉字
书案上，我右手写下的诗句
总会得到左边桑葚的暗示

那些甘甜，饱含着回忆时的苦涩
那些酸楚，须在采摘桑叶的间隙
才能捕获和发酵。前提是，阴雨绵绵

那么多人列队前往果园采摘桑葚
在果实被全部收走前，我愿那皲裂的土地
再次得到天空庇佑，因为总有一颗果子
会悄无声息地回到土地上

石头的迁徙史

那些石头，藏身于深山老林
为何会有那么多人
历经千辛万苦，把它们炸裂、撬开
裹上稻草，小心地运到山脚下

那些石头，深陷在墙泥中
还有什么用？为何会有那么多人
不辞辛苦，像大力士、苦行僧和西西弗斯
把它们，一块块往山上推？

从石墙，到石碑
一块石头，完成自己的涅槃

石头一生，迁徙两次
而祖父，一生只迁徙一次

墙壁新传

才竣工不久，才涂上水泥
和防水不久，但这并不是
一堵让人心安的墙壁

师傅光膀子，挥舞着铁锤
在每一堵墙上，狠狠扔下沉闷的
敲击声，仿佛隔墙有耳，回声响彻耳膜
如果心中有鬼，此刻——现出原形
在这里，他拒绝穿墙术
并否认，凿壁可以借光
在锤敲不烂的地方，我们挂上
婚纱照，让婚姻，再去验证一次
在锤砸不破的地方，我们嵌上时钟
让时间，再去检验一遍

深夜，当笔尖从稿纸
轻轻划向墙壁时，墙下
去年种的那束芍药，开花了

立　场

那堵墙是什么时候

开始倾斜的？没有人知道

或许在一场暴雨后

或许于一场大雪前

有人为墙体支上一根松木

后来，又支上一根杉木

最后，又支上一根栗木

很多年，一堵墙和三根木头之间

已达成高度的默契

倾斜，但不至于坍塌

弯曲，但不至于崩溃

只是墙体更加消瘦

木头逐渐衰颓

它们在坚守各自的立场中

悄悄卸下沉重的包袱

燃灯记

灯，在月黑之际燃上
漫山遍野中，总有一盏灯
会等到星辰闪烁时，才肯熄灭
纸罩上，无数倒头的汉字
被蜡烛照得通红。我们踩着
去年的足迹，在大地上插下一盏盏灯
文字滚烫，石碑冰冷
竹茬高过脚踝，被放倒的竹木下
笋尖萌动，正把深处的力量
悄悄传递给燃灯的人

漏网之鱼

盖了三床棉被，还是冷
给他一堆烈火，还是冷
被兄弟紧紧抱在怀里，还是冷
无疑，这是付向才一生
最为凄冷的一夜。无疑，这是兄弟俩
真正的抱团取暖，难舍难分

河面结冰，鱼桶漏洞
在最熟悉的河面
付向才侧翻于寒冬腊月的冰窟
有多少漏网之鱼
从他的网眼逃脱，无疑这一次
他成了漏网之鱼。冬夜漆黑
天空无星辰，看起来多么严丝合缝

劈　柴

山峦无法阻挡一场大雪，遥远的花尖山
有我家三分山地，父亲打电话说
那里要修飞机场，适宜打造棺木的杉柏
越来越稀少。劈柴过冬的人，仰头举起
刚刚磨砺过的斧子。他劈松树、榆树和乌桕
最后的劈柴人，活在父亲言语不清的描述中
柴垛高过窗沿，足够应付一个冬天
而他先于斧子落地，我再也听不见
斧子劈开木纹时，那清脆的咔嚓声
木屑纷飞，预报失灵，大雪翻山而来
万物都有引力，但对一把斧子
未免太过于仓促。雪下，梅枝铁青
含苞的梅花，已将悄悄蕴藏的香气释放

红月亮

出现红月亮的那天晚上，女儿刚刚

学会弹一支简单的古筝曲，儿子在沙发上

玩变形金刚，妻子在阳台上晾衣服

我在读《聂鲁达诗选》。科学家预测

红月亮下次出现，要在152年之后

那时候古筝、变形金刚、衣服和这本诗集

或许会在另外一个时空，保持微妙的关系

我偏爱的时间、地点和人物，会不会再次

将我带入某个情节中？比如我用三个月时间

读完的《穆斯林的葬礼》中，那个叫新月的

孱弱姑娘，在月光下的未名湖畔散步

比如空荡荡的电影院，椅子上留下一张

三排五座的影票，六座会是谁，旁边的四座呢?

是否跟着女主角去了海边？在故乡的小院

我同时种下夹竹桃和桂花树，月光时常挽着

两株植物的叶子，送给我遥远而熟悉的芬芳

雨中一幕

披上深绿色雨衣的父亲
在密雨中，挺直了年轻时的腰杆
步履由蹒跚转为敏捷

他穿过乡村狭窄的马路
到对面的桃园摘桃子

雨渐小，他提着一袋湿漉漉的桃子
回到家中，滴水的雨衣挂在墙上

雨水如电影中特设的镜头
把我和他，推往遥远的过去

桃子是虚设的道具
它们离开枝头的瞬间
我只能想象，像他不曾提及的往事

我记住的，仅仅是这雨中一幕

缯 鼓

扒掉一层皮，敲完一通鼓
沿鼓身撒满泡钉，再行一鼓作气之事
在众多乐器声中，发现弦外之音是难的
好皮匠越来越少，他缯皮、紧绳、踩鼓
隔着木桄，用锤子去试探鼓皮的暗语
三岁半的孙子，递给他一根鼓槌
挠痒，含饴弄孙，把击鼓的大事留给后人
雷声滚过天边，他听见自己的心跳
在鼓腔里四处碰壁，像哑谜
也像绣针掉进大海大象爬上窗花

雨

雨在玻璃上漫延，仿佛昨天和今天
之间的一道界线。复羽叶栾树摇摆着
雨被秋风追赶，跨过时间的沟壑
"冬天会带走一切，而树木会继续"
吉尔伯特说的继续，在这里提前上演
包括通往李岗的湖堤，坝下芦苇和牛群
公交站台里看表的老人，他的表盘是空的
塑料棚挡住雨水，台布裹起残羹
喜宴上的甜花生，在脱壳之前，就蕴藏了
一肚子甜言蜜语。下午，饮一杯咖啡
尝半碟芡实，读一本薄薄的小说集
勺子获得永恒，果皮存在一瞬间
虚构的爱情，在书里淋着窗前细雨
我伸出手臂，擦去汽车后视镜上的雨珠
世界变得模糊。我们前往东湖边的乡村
为一对新人，摆下热腾腾的酒席。红盒子里
老式糕点，孩子们分食，甜蜜越分越多

观　荷

栈道在荷田延展，把眼中的风景带入
淤泥深处。密不透风的藕叶间
蜻蜓迷失方向。有朵荷，像尚未点燃的灯
诵诗的少年，坐在亭子高处

更多荷，在夜间的缓慢绽放中
笑靥松弛，张开攥紧的掌纹
并把露珠，送给白天丢掉扣子的人

是亭子打破了午间的秩序
是人们迷恋的抖音，搅碎了荷田里
藕粉的积淀。荷梗很长，它们在深水处
不断汲取低处的黑暗和我们
对藕的烹饪想象，白糖、醋和食盐
而骨汤中的藕，入口即化

荷梗有九个孔，也有十一个孔
折断它吧，牵连的细丝绕过指尖
美好的故事，发生在藕尚未长大的夏天

登　高

从三楼到三十三层楼顶，电梯没有停顿
冷风呼啸，书的最后一页被吹走。灯火阑珊处
有人骑着一枚悬铃木落叶，奔向水门塘
餐桌上摊开一张报纸，娱乐版图片新闻
"风景道上景如画"，显然在画面之外的
还有刘义庆、袁枚、维吉尔和沃尔科特
以及报纸中缝处，某苗圃待售的三百棵桉树
云层像暗色的纱布，月亮隐身复又出没
我们把装有泥土的塑料盆抬到楼顶
种下蒜苗、青菜。如果天气晴好，会有流星
参与进来。马路旁的汽修厂，车子频繁出入
引擎盖上的鸽粪，用水枪处理的暗号
又出现在驾驶员的西装上。转向灯忽闪不定
路灯下，工人重新划定斑马线，线谱上的斑马
在钢琴上奔跑。拿鼠标的我，删除一行诗
而推热熔手推车的我，来到狭窄的路口
在反向的道路上，我们只能越走越远

阳台有寄

依靠窗台，落地玻璃就是我
用以测量世界的尺度。手捧《白鹭》
冬天的咒语，得益于人工降雨的炮弹
才能应验。栾树下，轮椅中的老人
在打盹、做梦，而手推车里的孩子
挥舞着气球，砸向自己的脑瓜

冷空气在北方形成，抖音里的雪花
覆盖微弱的祝福。我们的城市
刚刚接手一场冬雨。郊区的湖泊里
飞来一群天鹅，摄影家抓拍的镜头
沼泽反光，像我们精心打磨的意象

削个红苹果，削皮刀逆时针旋转
左手服从右手，果皮上爬满不安的纹路
藤桌上的儿子，把每个汉字都妥妥地
安放在田字格内，包括那些错别字

向山行

无论从哪个方向出发，都不可避免地
要与一座座山碰面，有名的，无名的
不再称呼其名和方位。群山因死去的人
而获得新身份。我们只能用灯笼
去精确辨识，哪一座，埋着祖父母
哪一座，埋着小学同学夏贤琴
灯芯燃尽，蜡油像沸腾的浪花
在黑夜中起伏。星辰镶在天边
夜幕下的群山，从我们精准的导航中消失
定位来自远方。驱车赶路的人，内心深处
布满曲折山径，只能在幽暗中摸索入口

辑四　寒露之后

中年赋

梦境等于现实，砧板上切出的洋葱
笔尖下写出的汉字，都让眼睛流泪

围裙下，我微微凸起的肚腩
在接受高温和油污的双重考验
清晨六点半，傍晚五点半
朝北的厨房，会准时收到阳光的请帖

新的一天，我穿过丽君早餐店、农业银行
卧阳桥、法律援助中心、汇峰国际城
穿过五个红绿灯，等待、观望，内心焦急
在蜂拥的人群中，我的步伐慢不下来

夜半的电话，凌晨的唢呐
走廊上滴水的雨衣
永远滞留在眼中的沙子
过期的药丸，被切掉的肺叶
感谢你们，像雨后雷霆，提醒我忧惧我

雪的十四行

像账单那么白，但没有账单脆弱
像炊烟那么白，但没有炊烟持久
像骨骼那么白，但没有骨骼坚硬
像去皮的柏木那么白，但没有柏木苍凉

我们早已不用信纸写信
可又印制那么多信封干什么？
雪落下，孩子们无疑是兴奋的
雪落满大地，空空如也的信封更加饥饿

大事在雪中发生，只扫门前雪的那些人
把雪扫到高速公路。而雪人只剩下眉毛、眼睛
耳朵、鼻子和嘴巴，乌鸦把这些收拾干净
送给五官麻木和哈欠连天的人

大地白茫茫一片，铺开四尺整张蜡染纸
唯有嶙峋的字体，才配得上这漫天皆白

漩　涡

河流深处，有我少年时深深迷恋的漩涡
我扔过石头、灯泡，也扔过祠堂上的碎瓦块
这些，都不足以召唤从漩涡里消失的人
罗汉、肖光树、王六郎……

他们下沉得更加迅速，有如神助
眼巴巴地看着，漩涡从河中央一点点消失
而更多漩涡，从我们的手掌、腹部、双眼
以及心头浮现。河床干涸，徒留漩涡的白眼

"骨骼的金字塔，语言的停尸处"
灯下，读帕斯的诗，又为孩子们削菠萝
水果刀，一半是酸的，另一半是甜的
我中年的味觉，依然存在于形式上的漩涡中

当我一手提着盒饭，一手攥着伊布替尼胶囊
从烈日下的人群走出，仿佛从岸边退回漩涡

过渡口

慢摇船桨，轻轻划过河水
挽起裤脚，缓缓走过河水
踏着明晃晃的冰层，蹑手蹑脚
在冰冻三尺的地方，也如履薄冰

印象最深的是，一场暴雨过后
父亲高高举起我，蹚过湍急河水
我借助他的双脚，到达河对岸

有多少河流横亘在我的一生？
这无法计算，但渡口永远只有一个
此岸和彼岸，我是疲于奔命的船夫
也是漏洞百出的舟楫

划船，破冰，赤脚蹚水
有时渡口无人，舟船飘摇
我就像一位等待船夫的过客
手搭凉棚，久久凝望着彼岸

洋葱与石榴

去皮三层，再一刀两半
刀尖碰上辛辣，手持刀具的人畏惧了
蘸醋吃生洋葱，油锅不愿意
鸡蛋焦急的心，嗞嗞叫着
锅铲翻炒三五下，洋葱爱上了鸡蛋
就像我，爱上傍晚的厨房。油烟机响着
孩子们书法课归来，敲门声有顿笔的感觉
独石榴密实，多风的窗口也不能让它们
透露半点来自怀远的消息。切开石榴
得用另一把刀。红果汁滴在白纸上
纸张的脸，很快诞生一圈微小的红晕
酒红色颗粒，在盘子里堆积发亮的玛瑙
洋葱之白，如浪花叠加，涛声被热油浇灭
石榴之红，粒粒珠玑，如打散的诗句
能重拾韵脚的人，正干着厨师的活

桂子赋

为车轮让出三尺地面，而为天空
飞鸟裁下啁啾三声，须在诗中记下
桂树倒悬头颅，蜿蜒的根须一路攀爬
五修谱上，光绪年间种下的碑和柏树
每年都在桂香中迷失一次。百年前的迁徙路
从长江到大别山，一花枯萎，又逢一花盛开
绕树三匝的，除了乌鸦，还有外省小游客
不小心丢失的风筝。树干上系着红绸
临湖的风景便有了依靠。干咳数日
锡箔里的胶囊，需要温水，也需要清谈
袅袅晨雾里，花香稀薄的远方
一条小径，滚满松塔和空空的药瓶
今年干旱，小区楼下，桂花打着哑语
每晚散步，与它对视一次，去年的花香
依然无法解决我，禁锢于语言的咳嗽

双龙村

在传说和典故都不存在的地方
我不能让两条龙落下虚名
向海边的德里克·沃尔科特学习，读书写诗
把白鹭请进诗篇。在撒满玻璃碴的路段逗留
观察每一片反光的镜子
是否都能给我完整的答案
丰田碰上敞开式小货车，保险公司
将为事故埋单。接电话的女职员
嗓音温柔，办公桌上，电脑弹出多个窗口
而整个夏天，我都在故事的故事中
破解人物命运。《小说选刊》，防溺水宣传单
高温预警，您有7650分即将清空
回"T"退。如果不是写这首诗
我会继续忽略这些设定好的程序
偶然和命运，总是无计可施。但七天前
那一盒红色李子，依然滋味可人
果核里的诗篇，保鲜期无限长，可令牙齿酸楚
墙上，兔子一直在静卧，它前面的钟摆
每天都很努力，却慢于北京时间两分钟
两分钟时差，独属于双龙村的时间和节奏
起居于此，我会继续慢下去

寒露之后

月亮在书香门第与双龙家园之间滞留
我每向前走一步，她就往后退一步
我驻足，她也驻足。从远处看，她仿佛缀在
竖立的甘蔗梢头。三根细小的甘蔗，在向月亮
吐槽生前的太阳。每一节的糖分，都不一样
来自南方的水果，通过小喇叭在向外兜售
火龙果，一块钱一个。红心柚，十五元两个
而水果店对面的街道，众人正在分割一头羊
羊腿、羊肝、羊头，价格不等。月亮的清辉
冷飕飕的。化整为零的羊，只剩下一摊血水
在地球上的某个角落。月光像一张糖纸
在我的身影消失后，将静静舔舐这一小块
暗红的水渍。似乎受伤的，仅仅是这块土地
飞鸽三轮车，水电工和他小学四年级的儿子
向北快速驶去，把月亮一度推到了
城北地带。车厢里的工具和羊杂，相互撞击
白天接通的水电，给夜晚带来灵魂

驱车沿湖而行

黑鸟群集于低空，翅膀密如铸铁
有的甚至撞向我的车窗。可栖息的枝丫
尚未长出嫩芽，或一面滴水的陡峭山岩
还在史前的洪荒中。我只有六十迈的速度
在湖堤狭长的道路奔跑。钢水冷却的湖面
一艘艘驳船，最先凝固，船主于去年冬天上岸
城内新建的小区，孩子们三三两两地玩轮滑
挥舞着闪光的棒子。把身份丢在湖中的人
湖水将在秋天，回赠他状如胎衣的淤泥
车速时快时慢，湖水一边迅速倒退
一边卷起后视镜中的蓬蒿。那蒿上刀痕
比夏天更深，并在路的尽头，长出种子

新春序曲

我要向你描述一种春花，彩纸上的
随手抖动一下，花朵就在瞬间绽放
我要向你描述一种声音，红纸包着
裹了一层又一层，那种紧紧包裹的
一点就响的声音，会让我捂起耳朵
我还要向你描述甜蜜、温暖和幸福
在糖瓜、灯笼和对联饱满的福字里
新年了，这崭新的时辰，就像百合插在
花瓶中。墙上的指针推开残雪的记忆
一步步走进春天的领地，只有香如故
公交站台空荡荡的，人都聚集在老家
母亲的饺子，父亲的唠叨。我会选择登山
青绿麦地间逶迤而出的小径，是我最接近
春天的那一笔。我更像是倒退
从严冬退回春天，从人潮退回群山
面对春天，我要做个慌不择路的人
把一条小径走到底，一直走到山花烂漫

下午的钟表店

怀疑时间的人，此刻站在钟表店
空间狭仄，但这并不影响指针们
集体奔跑的速度。墙上，春光牌电子钟
被一阵风掀动，时间没有惊慌
戴眼罩的修理工，抬头瞥了一眼
他看见的世界，是放大的世界
四壁上的指针，略慢于地板上
座钟的指针。一个瞻前顾后的人
送上跑偏的表盘。当拇指和食指塞进
紫色闹钟时，发条格外轻松
感到紧张的，却是发条上的锈迹
以及曾被它拧紧过的，一个个少女梦

陪女儿游野生动物园

丹顶鹤、鸬鹚、灰喜鹊、斑头雁……
那么多鸟儿在飞，但没有一只
能飞离这块方形示意图

所有的翅膀折叠起来，或许能遮住
夕阳下的野生动物园
廊桥下，三只黑天鹅不时把头颅
伸进水里，那里波光粼粼
游客尖叫，扔出去的面包屑
仿佛薄雪，落在去年冬天的水池

空中栈道上，我和女儿蹒跚在
老虎愤怒的仰视中。袋鼠卧地休憩
狼在奔跑，影子，成了唯一的敌人
而猴子并不需要假山，仅仅一根绳子
就耗尽它们一生的努力

听女儿弹彝族舞曲

盛夏黄昏，我在读叶芝的诗歌
女儿的古筝曲从隔壁传来，粗狂而热烈
飞升的天鹅和彝家山寨迷人的夜色
只需要二十一根丝弦，便从这声乐里
弥漫开来。湖水闪烁着波纹
勾轮、扣轮、挑轮，十指翻飞间
即使荷马的骑手，也追不上这节奏
来吧，天鹅，我想象的波涛
是一滴泪水，洇染的柯尔庄园图
琴弦上，故国和庄园从来不会坍圮
摇指划过云彩，而夕阳正落向窗台

旋转木马

嘴巴因为唠叨而活着，而我的耳朵
是一个偏执的喻体，喧嚣只能左耳进
右耳出。唯独你的声音，有时石破天惊
有时似潺潺流水。以茶代酒，以富贵竹
代替昂贵的玫瑰，以陋室外的月亮
代替一纸契约。犹记那年夏夜
灯光璀璨，人声鼎沸
缤纷的游乐场，花两块钱
我和你并排坐在木马上
世界第一次因为我们
而不停地旋转

借光的人

手机电量仅剩百分之三，还能支撑我
在黑暗中读完最后一页小说。主角的命运
即将迎来转机，晚上十一点来电
还差半个小时。我把光都借给了这个
命运坎坷的小人物。在此之前
他一直在摸黑赶路，两根火把都已燃尽
点点星光下，他翻山越岭，给远亲送一封口信
剩下的路会更黑。他独自一人去那么远的地方
连灰烬，都不能陪他走完全程
什么事情，值得他如此急切奔赴？
如果电来了，他的路途就会明亮许多

白露帖

露从今夜白。夜幕中，头盔下的天空
垂下怜悯的月光和水汽。桂花害羞
夜晚时香味更浓些，如宣纸上未干涸的墨痕
如果再添一笔，这个字就瘫痪了
档案馆开着门，进去的人很久没有出来
发黄的纸页里，有人种下银杏树
浓荫匝地，覆盖了这栋新派建筑
也有人从这浓荫，回到故乡的堤坝
失语多年的人，总会在白露时说出
家乡话。风凉、花静，船头遇到浊浪
笔尖独独忘了姓氏的起笔。站立船尾
抛下滚钩，上游的房梁，在水里浸泡成
浮肿的关节。白露湿了月光，骨子里的疼痛
每年都会加重一些。提笔，约等于收钩

移花接木术

最好缄默，在孩子的作文中
他一笔带过的是：拍手的树枝和花朵
也在我频频发出的定位中，一百米内
霍邱县蓼城路 252 号，朱氏汽修中心
我的缄默，代替了所有植物的缄默
绿叶变红，再到飘零。西北风从厨房的北窗
穿过客厅，钢琴旁的节拍器，墙上的挂钟
时间改变了什么，对一株复羽叶栾树来说
它半红半绿的叶子，与树下低矮的八角金盘
正好互为补充。高处悬着灯笼，低处的蚁虫
向上缓慢爬行，把太阳逼向西边的苦楝
紫叶矮樱、金边黄杨、石楠、非洲茉莉
都在此刻电脑附近一百米内，我即使动用
所有的词语，都无法撬动一片羽状树叶
那轻盈的唇齿。在风和雨的面前
词语是无效的，而书桌是稳固的
右手也有失灵的片刻，拍下的植物图
写下的名录，都不那么牢靠
孩子，请保持对这些植物的恒久记忆
如果张冠李戴，权当移花接木

淮畔登高

向下的，现在垂直向上
淤泥裹紧身段，举起一座供游人登高的亭子
楼梯旋转，与淮河的流向截然相反
登高者中，少了我的儿子

他独自去了松林掩映的小径
在一棵松树后面，玩起捉迷藏的游戏
他那么小，还不懂得浑浊的反义词

而拥挤的人群中，一对母子
手扶栏杆，时而远眺，时而细声低语
他们谈论远方，一场迁坟的时辰

木箱记

因为修缮，这里的电路已被提前关闭
偏安的房屋内，我们怀着好奇心
拧开手机的手电筒，点亮庄园最隐蔽处
百鸟朝凤，雕工精美的木箱内
其实空空如也。那么多的空木箱
那么多被虚无占据的空间，深深吸引着
喧嚷的游客。银元、珠宝、地契
曾被铜锁紧扣，被一只喜鹊的翅膀
压得喘不过气来

石头与灯

排列石头所需要的公式
一直是个秘密。即使你手握
两枚鹅卵石，右手总是比左手
沁出更多的汗水。而抛弃石头
则是三十岁之前的事。远处水面
灯火摇曳，石头划过河面
微小的波澜像渔网，轻轻收起
未知的声音。现在我悄悄观察
一堆杂乱的石头，如何在雨后
为春笋和小鹅花，裂开春天的缝隙
灯灭灯亮又一春，撬动石头是有罪的
灯安放在石头上，我才可以倒退着离开

割　漆

每一次绕行，我都心怀愧疚
每一次，我都选择静静观望
身上的累累刀疤，像嘴巴
但不能发声，只能束手就缚
只能一次次敞开胸膛
一次次，流尽体内的血汁

明刀、暗刀，贝壳、竹筒
割漆人正弯着腰，向儿子示范
割漆的技巧，以分辨一棵漆树
哪个部位，能流出更多的漆

割漆人选择黄昏，挎上漆筒
靠近河边漆树，一刀、两刀、三刀
……第七刀，和他儿子的额头齐平

葡萄之诗

圆满之物的意义
在于破碎，在于唤醒舌尖上的秘密
酸与甜，在白露的暮晚
从城市的北边涌来

我无力书写的言语
犹如一粒粒晶莹的葡萄
铆着劲，拧在弯曲的藤蔓上
而事实是，拧得越紧
逃离之心越强

世界如此
陌生的闯入者，长着月亮的脸庞

义兴桥

石桥上坐着几个写生的孩子
纸上的江南，此刻，略美于现实

柳丝拂水，茶楼里的灯光
摇晃一下，众人就回到古代

时间并不久远，打更人夜宿桥头
他失语多年，曾为石桥上的辙痕把脉

匪患消失后，通风报信的门楼
贴上喜庆的对联，迎娶的姑娘年方十八

石头的分类法

灰颜石，只能用来铺路
而麻黄石，适合垒菜园、筑田埂

成色最好的要数天青石
质地坚硬，即使给它一铁锤
除了还以几粒火星子
它们，岿然不动

父亲说，石头也分三六九等
他视天青石为宝贝

做屋基石时，我们睡在上面
做坟拜台时，我们跪在上面

名　字

我可以从长条凳上找到你的名字
也可以从扁担、尖担或米斗里找到
你的名字。如果你一声不吭
我会在冬天的阳光下，翻开族谱
那么薄的白纸上，挤满了蝇头小楷
你的名字有些模糊，姓氏、辈分、妻和子
都在那里。虫蚀的孔洞，为你打开了
另一扇窗户。当然，我也可以在石碑上
找到你的名字，子午向南的碑体下
錾子敲开的笔画，身份不可注销

残柳与枯荷

冷空气骤降的前夜，他拍下
一组残柳和枯荷。天空蓝如肝胆
洇染着干净的烟岚、波光和倒影

枯荷卷曲，衰败之美自古有之
尽被水面接纳的，一定也让孤鸭喜悦

残柳生烟，枝条明晰的写意
用尽中年的苍凉。尚未入画的
都是局外人。跌入湖水中的星辰
把光亮重新交给了淤泥

辑五　　如果看到海

秩 序

不打手电，不点油灯或蜡烛
漆黑的地窖中，我们将晒过的红薯
一个个垒起来。按照个头大小
大的放在下面，小的堆在上面
先堆地窖两边的，再堆中间的
窖外有人喊话，我们听不清楚
我们在窖里说话，外面人也听不清
红薯由畚箕装着，从窖口的斜坡滑进来
刚入窖时，天已经阴沉
窖到大半时，天上飘起了雪花
我和父亲摸索着，即使在阴冷黑暗的地方
也要让这些红薯，形成自己的秩序

软柿子

捏软柿子，这手段我很小的时候
就有过切身体会。母亲挑着平底篮
我怯生生地跟在身后，最后十几个柿子
要在十二点前卖掉，那是最后一班车
返程的时间。我第一次走进镇上的供销大楼
第一次爬楼梯，感觉比爬柿子树容易
我们挨个敲门，一个女职员用食指
把眼镜往鼻梁上推了推，然后在篮子里
逐个捏柿子。这些被很多人捏过的柿子
早已软塌塌的，但她还是不放心
很认真地又捏一遍。感谢那些捏过软柿子的人
他们让这最后的柿子卖出了好价钱
并让我们及时搭上回家的末班车

压跷跷板

收完谷物，母亲掀掉晒箕
露出的梯子、杉木杠和大板凳
被一群孩子叠加成十字形
孰轻孰重，这时候终见分晓
在上下颠簸中，眩晕和快感
愈发强烈。直到大人们退出稻场
太阳隐身山坡，只有一个孩子
还坐在木梯一端。他是自己的玩伴
也是自己的重心。他把世界压在
屁股下，把悬念压到最后一刻
而木梯的另一端，害羞的月亮
已悄悄爬上草垛

风 簸

空，大于满，满，小于空
风，从裂缝里找到声带

摇把生锈，不再旋转
握它的手，现在握不紧一枚核桃
而豁开的嘴，只能咀嚼清风

稻壳远，稻谷近……
麦屑远，麦粒近……
秕糠远，米粒近……

好米在前，糙米在后
母亲在前，我和鸡仔在后

为谷壳和杂质
腾出一方大口径的通道
而我，只走狭仄的、闭塞的
下坡路

早点摊

站在手推车后，摊饼，搅鸡蛋
浇黄豆酱或沙拉，夹上生菜、土豆丝
香肠或鸡柳。她始终站在热气腾腾的一面
隔着袅袅热气，向我们展示日常气息
偶尔也会与相邻的摊主逗趣说话
相约打一场下午的小麻将
牛皮纸包裹热饼，在清冷街头
得到生活的馈赠。这额外的酸辣
让碰面的熟人颔首而笑。我转身离开
而他，却急不可耐地冲向早点摊

落日下的菜摊

我只是路过，之前尚未从这里
带走过一根葱。我总是反向而行
把车开到限定的速度。现在我得承认
我错了。水淋淋的菠菜、清脆的湖藕
旋转中的葫芦、红彤彤的西红柿……
当我逆着夕光，从第一个菜摊开始
便犹疑起来。买菜的人并不多
我这样徘徊，像是愧对每棵蔬菜
和蔬菜背后，那一张张安详的脸
菜品那么新鲜，小喇叭不停地播放
螃蟹六元一只，咸鸭蛋五块钱四枚
青菜两块钱一把。我缓缓走到菜摊尽头
对这一眼见底的生活，突然充满感激

搭支架的人

在明渠和暗渠之间

有一段悬空陡峭的石坡

明渠上游，源头活水汩汩流淌

暗渠下面，秧田日渐干涸开裂

引水人把一根毛竹劈成两半

如果长度不够，还要续接上另一半

并在接口处，搭上树木作为支撑

活水便找到好的去处。一夜之后

蔫巴的秧苗，又精神抖擞起来

那是三十多年前，搭支架的人

此刻躺在手术台上，他不屈的心

不得不接受两根支架的陪护

搭支架的人，怎么也想不明白

搭过支架的人，为何不能像秧苗那样

精神抖擞，生机勃发

卖　瓜

大别山腹地，一块背阴的黄土地
父亲第一次种西瓜。他插秧我施肥
他松土我浇水。我和父亲怀有不一样的焦急
他等西瓜长大，卖上好价钱贴补家用
我盼西瓜长大，可以大块大块地吃
那些蔫巴的瓜秧，在并不适宜的土壤
给了我们种瓜得瓜的安慰。清脆的咚咚声
与鲜艳的红瓜瓤，是相符的
衣襟上，被西瓜汁浸湿的部分
在卖瓜的途中，又被风轻轻吹干
他挑瓜我扛秤，走村入户的小路蜿蜒漫长
我们美滋滋的模样，好像这两大筐
滚圆的西瓜，都像我们吃的第一个瓜一样
表里如一，滚瓜烂熟

掰竹笋

群山沉默，阳光在竹林深处腐烂
阴影稠密之处，有竹笋羞涩的脸显现
酒瓶、塑料袋、砖石、生锈的铁丝
依靠记忆，我辨认出一种昆虫，羽翼扇出清风

潮湿和阴冷，多年来尘封未动
一棵竹笋，如果任由其生长
一个礼拜之后，个头和我比肩
半个月之后，可高过身旁的板栗树
半年之后，毛茸茸的关节
将蜕变成颀长而光滑的英俊少年

但是，关键处⋯⋯
命运有了转折，我的手掰断了
脆弱的脚踝，嫩黄、多节、汁液饱满

笋衣褐黄，一层又一层
包裹的仅仅是
一声清脆而爽口的
"咔嚓"

如果看到海

如果看到海，请一定替我转告她
我这里下雨了，我读的《叶芝诗选》里
也在下雨，柯尔庄园的 59 只天鹅
在雨中飞得很慢。靠窗的藤桌上
32 枚棋子，正吹着凉风淋着细雨
它们有的一生，都没有跨过楚河半步
更别说见到大海了。如果看到海
请一定告诉她，我正像小卒子一样
一步步向大海靠近。哦，还有钢琴上
52 个白键，36 个黑键，在儿子的指尖下
像轻轻舒卷的海浪。在见到大海之前
我是靠这黑白琴键，来维持对大海的想象

哑巴记事

初夏，安徽牌照的大客车
停靠在苏皖边界的小站
废弃的轮胎，收留了世界的尾音
嘴巴皲裂，因为说话太多的缘故

美丽清纯的哑巴，娇弱且沉默
让人类暂时忘记了自己的声音
她斜靠在小站的电线杆下
让喧嚷和混乱成为一道风景

从一个省份，到另一个省份
指示牌是暮色唯一的指令
浑浊的车厢内，无数哑巴
跟随月亮，到达灵魂的驿站

梯　子

银幕苍白，因太多反面人物从这里走向刑场
夜幕降临之前，要把幕布挂在空阔处
放映师的徒弟，顺着梯子把音响机
挂上苦楝树。枪声穿过梯子的顶端
倒下的人，会重新活过来，摘掉镣铐
擦掉满身血迹。昏暗的灯光下，倒带机吱吱呀呀
有些人的命运，远比胶片脆弱
剪掉的那一段，他正把枪口对准自己的脑门
长江牌 F16-42 型电影机，翻山越岭
爬梯子，在风中把银幕挂上树梢的人
摇摇晃晃地从配角，活成故事中的主角

游杜甫草堂

雨后，游人如织
每一张照片背后
都有众多陌生的面孔

鞠躬、瞻仰，读一读石碑上
杜工部的诗句
线条遒劲，字体优美

此刻，我想我的目光
应该连同诗人的忧愤
力透这一块块嵌在墙壁上的石头
抵达遥远的千年之前

三个小时前，一场春雨
让我滞留在合肥新桥机场
此刻，我徘徊在紫薇、玉兰、海棠
桃花以及翠竹夹道的草堂景区
怀想诗人的节操和苦难

在先贤的祠堂里
我短暂逗留，默默垂首

让嘈杂而疲惫的行程
在清明节这一天
多出了一点点仪式感

纽扣博物馆

当纽扣聚集在一起，天下的衣服
是否会慌张起来？我看见几袭旗袍
在橱窗里默默处理着
光线和丝绸的关系。美的假设被点缀
沿着针眼的呼吸，纽扣轻而易举
就获得了褶皱上的波澜

如果一块贝壳，依然滞留在潮湿的梦里
如果一枚纽扣，拒绝被穿针引线
我的目光，是否可以穿过纽扣的小孔
窥见慈母手上的皱纹？

这么多年过去
我们解开，或扣上的那枚纽扣
从没有放弃对衣物的眷念
当纽扣集体沉默，一座藏馆就会
感到莫名的充实

冲剪、磨光、打孔、漂白、整形
在孔眼里，我看见纽扣的心跳
化为白色齑粉。毛坯脱落后

一块贝壳被掏空的部分
将由想象和回忆来填充

大雪记忆

大雪下了整整一夜
山岚、树枝、村庄和道路
提前消失在昨夜的风雪里
打谷场上，一双打着补丁的胶靴
在雪地里，深一脚、浅一脚地腾挪着
小奶怀里揣着升，向母亲
借回一升白米。她循着来时的脚印
又深一脚、浅一脚地挪回去

打谷场上，白得只剩下两行
黑乎乎的窟窿，从远处看去
像一根襻带，将两家人扣在一起
不至于在冰冷的大雪里，走散

声 音

在故乡的日子里，我拥有十只耳朵和一颗心脏
风吹屋顶，雨打桂花，清晨诵经的鸟鸣
蝉虫在故乡重复着异乡的方言
敲锣打鼓的迎亲队伍，娶回如花的媳妇
在耳鬓厮磨中我悄悄长出十只耳朵
那多出的八只，一只归山，一只归水，一只归鸟
一只归风。还有四只，分别归张三家的鞭炮
有新娘的味道。李四家的风簸，分清五谷
余纸匠的口，道出了七侠和五义
吴木匠的刨子，擦出了童年的枪支和弹药
而更多的声音，洋洋盈耳，我则用心灵记录
清晨，母亲从瓜架上摘下南瓜
傍晚，有人双手叉腰扯着嗓子
喊大山深处的人接电话
喊着喊着，天更矮了，太阳落山了

这一生都难以老化的耳朵啊
一生都挥之不去的声音
我的心，也因此更加明亮和澄澈

初夏即景

堤坝上覆盖着嫩绿的青草
西边是静默的羊群
嗷叫的鹅群在东边涌动

它们在堤坝上先闹腾一番
你推我搡，追逐嬉戏
羊说的话，鹅听不明白
但这不妨碍一只鹅
对羊群充满好奇

鹅唱的歌很难听
但这并不影响小羊
吃草的心情

一只鹅掉进羊群里，人看不出来
一只羊站在鹅群里，像小鹅
突然间长大了

雾之事

我喜爱这个时刻
每天早晨
通过卧室的窗户可以看见
一座山的一小部分

这座山没有名字
被大雾弥漫着
像不存在似的

还在昨天
一个农民用斧头和锯子
放倒一棵枯松
咔嚓一声
惊飞了一阵麻雀

而更多的鸟，去了南方

在赵岗山远眺

有没有试过
站在一个很高的地方
看一看你居住的村庄或城市

你很难想象出
那些低矮的鸽子笼般大小的房屋
竟然生活了一茬又一茬人民
包括你的祖父、父亲和你

那些遗落在人间的房屋
那些大大小小的坟墓

沿途稀疏的几户人家
冒着浓密的人间烟火

此刻
你站在最高点
但你不是智者
你的周身缠绕着雾

钉　子

很多年，一枚枚钉子代替我们
完成对生活的有效介入

在房梁、屋檐、墙壁以及木质物件上
它的形状是红辣椒、咸肉、镜子
一张光荣榜或者宣传画
也许什么都不是，任蛛丝和灰尘纠缠

站在梯子上
父亲用手锤敲打一枚水泥钉
遗像被挂上来时
祖父脸上落满白色粉尘

一杆老秤

抹去灰尘、雨水以及浑浊的油污
才能看清一杆老秤上，恍惚的星星
天地之间，一杆秤是公正的代言人
那些粮食、蚕茧、石灰、白糖、酒水
那些风吹雨打的红麻、银杏叶、花生和红薯
在一杆老秤上，掂出自己真实的分量
它从不开口说话。一颗星的重量，约等于
一个人良心的重量。秤砣下坠的时候
万物都在向上仰视，只有天空在俯视

磨刀石

磨刀石对世界的看法
有赖于一把刀斧的锋利程度
隔夜的雨水，有着瓦楞过滤后的
纯粹气息，泡沫津生
人间的力量，就在这一推一退中诞生
我看见那个低头磨刀的人
被一块石头，反复折磨着
他不停地在手指肚上
试探一把刀的耐心

石头记

把石头安放在几根木头间，成了碌碡
安放在木门下，成了门枕
安放在另一块石头下，成了石磨
安放在墙壁下，成了石墙
安放在泥土里，成了石碑
父亲，一位出色的石匠
命运在他的肾里安放了几块小石头
大如豌豆，小似芝麻
就这么点大的石头
他抠了大半辈子
也没有抠尽

春日语录

窗口外的梨花与我齐眉，礼拜四下午的细雨
弥合了受伤的脸，在布告栏、街角和镜子里

医生臃肿，白大褂肥胖，正低头给虎尾兰浇水
蓝色水笔，写出的不是药方，是对白纸的告密

走廊上斑驳的裂痕，一丝静止的心电图
适宜临摹一幅春夜喜雨图。麻雀的叮咛

在梨花丛中，像一个乞丐，捧着一盒硬币
摇摇晃晃，在春光与鲜花之间，口无遮拦

英姑忆

初夏时节，蝉的鸣叫清脆，乡村公路尘土纷飞
刚刚回到娘家的英姑，脸上涔满欢快的汗珠
我用一盆清凉的井水，换来一包红鸡蛋
多么清香啊！一枝梅香皂在清水里，清秀的脸庞
在清水里。多么清香啊！我嘴里嚼着嫩白的鸡蛋
像嚼着害羞的五月。南瓜的藤蔓，又长出一寸
故园树木疯长，泡桐穿着宽松的袍，紫色的花冠
发出袭人的香气。炊烟也在疯长，英姑从水缸里
舀一瓢水，她挽起袖子，做了一桌香喷喷的菜肴
祖父在嫁接树木，他轻唤英姑的乳名，青山阒静
从农历的清明，到铺霜的小寒。从映山红绽放
到泡桐树落叶。英姑夹着镜命帖，挤进三轮车
她的干女儿才四岁，头上扎着小红花
在清水微漾的脸盆里，一边和红鱼游来游去
一边等待着干妈妈，送来长命百岁的外名

不应该

不应该因为梯子而放弃想象
顺着蜿蜒的葡萄藤
也能摸到来自天上的光

不应该为菜畦是种萝卜还是青菜
而惊吵泥土的睡眠，耽误大雪的到来

不应该忘记小路，你打过的手电光
还洒在那里。看过的剧情还藏在落叶下
随便抖动一枚，都能听出地道战的枪声

不应该和八十岁的外祖母吃一块面包
吃着吃着，面包屑就落满了地面
十年一回身，才发现那是雪
是埋人的桑树泥

哦，我身边的人呀！不应该只喜欢月亮
青草和烂苹果的味道，应该成为你枕边的
杜甫和里尔克。你的院子里，不应该
只种合欢树，还要培育一点孤独的种子

秋日的请求

柔软的秋日午后，薄如蝉翼
请不要有过多的欲望和请求
仿佛一旦说出，天崩地裂
就成为一个孤独得没有故乡的人
"只要这一生，再不要更多"①
就像妻子、母亲和我缓慢走向菜园
我抡起母亲年轻时抡起的锄头
在酥软的红薯地里挖掘
土蚕、碎瓦片、奇形怪状的瓶盖
如童话里的迷人情节
就像当年的我，妻子坐在田垄旁
捡拾我抛去的红薯。母亲在附近
收拾衰败的残局，她依然是个闲不住的人
我曾经埋怨她一辈子在土地里劳作
也刨不出一根闪亮的金条
但今天我幻想出现奇迹
不是金条，是时空穿梭机，是打火匣
看见它，我又回到了童年
坐在田垄上拾红薯

---

① 美国诗人雷蒙德·卡佛诗句。

母亲在地里抡锄头，挥汗如雨
但从不叫累，说腰疼
我偷吃生红薯，被她揍了一顿，淌出的泪水
一直流到今天

当我来到这个世上

湖水还没有上涨，她等的暴雨
迟迟不来，小舟像远方的来客

花坛的媒人，云杉的约会
月亮，天空送来的一把银梳

窗外雾蒙蒙的，没有鸟羞答答
没有花羞涩，没有风无所事事

爸爸的阿米亥在遥远的路上
妈妈的十字绣已被白墙怀抱

白色的产房，端庄而神圣
我深信天使就住在隔壁

感谢静悄悄的凌晨
给了雾、星辰和片刻想象

孩子，如此安静的时刻
稍纵即逝，唯独你的呱呱声

才让我的世界，趋于安宁

过将军岭隧道

我握住你的手，你搂住我的肩
车过将军岭隧道的那一刻
仿佛我们一生的缩写
不寄希望于奇迹，心与心在一起时
就会从那里找到爱和源泉
梦里出现的星星，偏爱泪水的味道
即使吟诵《二十首情诗和一首绝望的歌》
也不能将她们一一唤醒
结婚照的相框朝我这边倾斜
你说，你是家庭的顶梁柱
你的肩膀上，承载了更多的压力
而我说，如果某天它四平八稳了
一定有我们乖巧的孩子
坐在中间，拉住你和我的手

图书在版编目（CIP）数据

青瓦之上 / 王太贵著. -- 武汉：长江文艺出版社，
2024.6

（第39届青春诗会诗丛）

ISBN 978-7-5702-3468-4

Ⅰ.①青… Ⅱ.①王… Ⅲ. ①诗集－中国－当代
Ⅳ. ①I227

中国国家版本馆CIP数据核字（2024）第006328号

青瓦之上
QING WA ZHI SHANG

特约编辑：符　力

责任编辑：胡　璇　　　　　　　　责任校对：毛季慧

封面设计：璞　闾　　　　　　　　责任印制：邱　莉　　王光兴

出版：长江出版传媒 | 长江文艺出版社

地址：武汉市雄楚大街268号　　　邮编：430070

发行：长江文艺出版社

http://www.cjlap.com

印刷：湖北恒泰印务有限公司

开本：880毫米×1230毫米　　　1/32　　　印张：5.25

版次：2024年6月第1版　　　　　2024年6月第1次印刷

行数：3645行

定价：52.00元